네가 이렇게 작은
아이였을 때

○

전소연

네가 너를
그리워하는 날이 오면
선물하고 싶은
너의 이야기들

네가 이렇게 작은
아이였을 때

문학동네

아이가 처음으로 한 말을 기억합니다.

말을 배우기 시작한 아이가 입술을 오물거리며 말하는 모습은

하나의 우주가 만들어지는 과정을 보는 것 같았습니다.

기억하고 싶은 처음의 순간들. 기억하고 싶은 아이의 말.

잊히기 전에 기록해야 했습니다.

지나고 나면 그리운 시간일 테니까요.

곧잘 딴생각에 빠지는 첫째 소울이,

장난기 가득한 둘째 류이는

오늘도 종알종알 엄마에게 말을 겁니다.

차
례

소 울　기 록

1
_____

"엄마 내가 마음속으로 셋만 딱 셌는데 아침이 돼버렸다!

봐봐~ 이렇게 하나 둘 셋,

번쩍!"

2
_____

"원숭이 엉덩이는 빨~개"로 시작한 말놀이.

이동하는 차 안에서 끊이지 않고 내내 풀어낸 말놀이는 이런 식이었다.

"이불은 덮어, 덮으면 사랑, 사랑은 나눠, 나누면 마음, 마음은 보석,

보석은 반짝반짝해, 반짝반짝하면 별, 별은 노래해, 노래하면 어린이…"

3
_____

아침에 밥을 먹다 말고 소울 왈,

"엄마, 난 베이컨 안 좋아한다!"

"알아! 그래서 엄마가 안 주잖아"라고 대답했더니

눈을 살짝 뜨며 하는 말,

"엄마! 사실 없어서 못 먹는 거야~"

4
_____

소울이가 가까이 다가오더니 은밀한 목소리로 이야기한다.

"엄마! 나 쌍둥이 낳을 거 같아!"

"왜?"

"고추에 알이 두 개야…"

#쌍둥이의비밀

5 _____

아침. 할머니께서 "우리 강아지~ 잘 잤어요?"라고 물어보시니 소울이
가만히 생각하는 듯하더니 하는 말.
"저 강아지 아닌데요??"

#소울강아지설

6
_____

"엄마, 태권도장에선 울면 더 혼난다!"

"너도 혼난 적 있어?"

"그럼, 많이 혼나지!"

"진짜? 그래서 운 적도 있어?"

"아니. 절대 안 울어. 울면 진짜 끔찍하다."

"왜?"

"태권도장 화장실 지저분한 거 알지? 울면 그 더러운 세면대에서 세수해
야 되거든!"

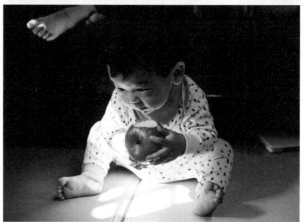

"엄마, 제일 따뜻하고 부드러운 숫자가 뭔지 알아?"

"뭔데?"

"40이야."

"왜?"

"40에 0 있지~ 0이 베개 같고 4가 소녀가 서 있는 거 같잖아.

그래서 소녀가 베개를 베고 편안하게 있는 거 같은 거야~

그럼~ 제일 딱딱하고 차가운 숫자는 뭔 줄 알아?"

"뭔데?"

"(손가락을 구부리며) 24! 2하고 4가 마주보면서 이렇게 뾰족하게 서로 쳐

다보고 있잖아!"

#소울이가사랑한수식

"아이 씨!"

"소울아, '아이 씨'는 나쁜 말이야."

"왜?"

"씨라는 말이 기분을 나쁘게 하잖아."

"그럼, 씨~ 씨~ 씨를 뿌리고~ 는?"

#엄마가졌다

9
_____

차 안에서 남편과 내가 이야기를 하고 있는데 뒷좌석에 앉은 소울이가 한

마디한다.

"나는 귀가 없었으면 좋겠어!"

"왜?"

"응, 그냥 소리를 안 들으면 좋을 것 같아~"

#엄마아빠가조용히할게

목욕을 시키려 벗긴 바지를 소울이가 다시 입겠다며 징징거리길래 "그
럼 소울이가 입어!"라고 했더니 "아니야, 엄마가 입혀줘!"를 백 번 말
한다.
"네가 입어! 소울이 손이 없어, 발이 없어?"
"응, 손이 없어. 발도 없어. 무릎만 있어."
손을 뒤로 숨기고 무릎까지 꿇는 소울.
이게 무슨 고집이람. 결국 입혀주고 말았다.

11
_____

밥 안 먹는 소울이에게 잔소리를 하니
"엄마, 혼내지 마요! 고치고 있어요!"란다.

12
_____

밤 열시가 넘은 시각. 거실에서 텔레비전을 보며 고구마 줄기를 다듬던
할머니에게 소울이가 한마디한다.
"할머니는 왜 이 시간에 티브이를 보고 그래요?"
"일하니까~ 심심하지 않으려고 티브이를 틀었지."
"일하는 거랑 티브이 보는 거랑 무슨 상관인데요?"
옆에서 듣고 있던 나와 내 동생은 킥킥킥 웃고 말았다.

13
_____

아침식사 시간. 어쩌다보니 '스핑크스' 이야기가 나왔다.

아빠: 스핑크스 앞을 지나가려면 세 가지 문제를 풀어야 해.

소울: 왜요? 안 풀고 지나가면 어떻게 돼요?

아빠: 스핑크스가 못 지나가게 하지.

소울: 근데 어이없이 그냥 지나가면 어떻게 해요?

듣고 있던 엄마: ⋯ㅋㅋㅋㅋㅋ.

14
_____

류이가 형 따라 가위질을 하겠다고 설치며

안 되는 가위질로 자기 옷을 자르려고 옷자락을 붙들고 있었다.

그 장면을 본 소울이가 한마디한다.

"류이야, 그게 다 돈이야 돈!"

#세상물정모르는류이

15
_____

주말 아침, 아이들 기척에 눈을 뜨니 소울이가 다정하게 다가와 귀에다

속삭인다.

"엄마~ 엄마를 생각하면 소똥 냄새가 생각나!"

"오늘 어린이집에서 속상한 일 있었어."

"왜? 무슨 일 있었는데?"

"나도 쌓기 놀이 영역에서 놀고 싶은데 ○○이가 나는 들어오지도 말래."

"내 맘대로 할 거야! 왜 네가 못하게 하는 거야! 라고 말하지."

"말했어. 근데도 안 된대."

"그래? 자꾸 그러면 한 대 때려버려!"

"근데 그러면 선생님한테 혼나. 엄마도 내가 류이 때리면 혼내잖아."

"그렇긴 하지…"

"○○이는 엄마 아들이 아니니깐 괜찮아?"

#엄마맘을읽고있니?

17

잠들기 전 소울이가 "엄마, 나 사랑해?"라고 묻길래
"그럼 사랑하지!"라고 대답했다. 그랬더니 다시 묻는다.
"그럼 내가 좋아, 엄마 혼자 있는 게 좋아?"
…순간 뭐라 대답할지 몰라 그저 웃기만 했다.

18

"소울아, 엄마도 수영 배우기 시작했어!"

"진짜? 엄마는 어떻게 배워? 엄마도 음파 했어? 근데 엄마 수영 배우는

거 쫌 힘들걸?"

"왜?"

"음~ 장난치면 혼나거든~"

여섯 살 소울이가 처음으로 합창대회에 참여하는 날이었다. 큰 무대에 올라 친구들과 함께 노래를 부르다니 과연 소울이가 잘할 수 있을까 기대도 되고 걱정도 되었다. 대기실로 줄서서 들어가는 소울이를 우연히 마주쳤는데 소울이가 내게 가까이 다가오더니 속삭이듯 말했다.

"엄마! 엄마가 나보고 손 흔들어도 나는 알은척할 수가 없어."

#언제이렇게큰거니

20
_____

울산에 살고 있는 소울이 친구 이안이네로 놀러간 날이었다. 그날은 마침
열흘 동안 베트남으로 봉사활동 간 이안이 아빠가 집에 오는 날이었다.
이안이가 "아빠 언제 와?"를 줄기차게 물으니 옆에서 듣고 있던 소울이
가 한마디하더란다.
"이안아, 너 나도 이렇게 기다렸냐?"

할아버지와 영화 〈인사이드 아웃〉을 본 소울이가 너무 재미있었다며 저
녁 내내 영화에 대해 떠들었다. 잠들기 전에도 영화에 대해 이런저런 질
문을 하길래 아는 대로, 짐작가는 대로 성의껏 대답을 해줬다.
소울이가 혼자 생각에 잠긴 듯 조용하더니 대뜸 하는 말.
"엄마는 〈인사이드 아웃〉 보지도 않았는데 왜 알은척해?"

22
────────────────

"소울아, 엄마 아파서 병원 가봐야 할 것 같아."
"병원 가봐야 할 사람은 아빠인 거 같아.
계속 자는 거 보니깐 어디 병 있는 게 아닐까?"

23 _____

"소울아, 오늘 수영할 때 재밌었었겠더라."

"엄마 나 봤어? 나 잠수했다!"

"물에 빠진 게 아니고?"

"아니야~ 잠수했어~ 근데 쉬운 말로 하면 빠진 거야."

24

<hr />

소울이가 수영을 가기 싫다고 한다. 이유를 물어보니 샤워실과 화장실 바닥이 지저분하고 무서워서란다. 다섯 살 때 태권도장 사흘 다니고 안 간다고 했을 때도 이유를 물어보았는데 대답은 이러했다.

"태권도는 너무 진지해. 그리고 간식도 안 줘!"

요즘 애들 뒤치다꺼리로 지친 내가 소울이에게 한마디했다.

"소울아, 엄마는 고길동 아저씨 마음을 이해해. 둘리가 어지르고 말썽 피우면 얼마나 피곤하겠어. 그치?"

"그래도 엄마, 둘리는 외롭잖아~"

"엥? 왜?"

"엄마랑 헤어졌으니까."

"그래도 둘리에겐 또치랑 도우너 같은 친구가 있잖아."

"그 친구들은 나중에 만난 친구들이잖아."

"그렇긴 하지만… 쩝."

#엄마는고길동씨에게 #소울이는둘리에게 #감정이입

소울이가 어린이집을 땡땡이치고 나와 단둘이 점심을 먹는 날이었다. 평소 소울이의 밥먹는 태도가 무척이나 마음에 안 들어 식탁 앞에서 '앉아라, 먹어라, 씹어라' 등의 잔소리를 하다가 내 성질에 내가 못 이기는 날이 많은데, 그날도 상황은 비슷했다. 꺼적거리는 모습이 보기 싫어서 내 마음대로 밥을 국에 말아버렸다. 여전히 밥상 앞에서 딴짓하는 소울이에게 결국 나는 몹쓸 소리를 하고 말았다.

"너랑 같이 밥 먹기 싫다, 진짜!"

그러자 소울이가 눈물을 삼키며 하는 말,

"나 말고 딴 사람이랑 먹으면 좋겠어?"

아, 말실수를 했구나… 나는 소울이의 마음을 달래줄 말을 찾았다.

"그 말이 아니고 소울이가 밥을 맛있게 먹는 모습을 보고 싶다는 말이야."

"엄마, 나는 밥을 국에 말아먹는 거 싫어한다. 왠 줄 알아?"

"왜?"

"밥이 번져."

소울이가 레고로 무언가를 만들고는 나에게 물어본다.

"엄마, 내가 만든 거 얼마만큼 멋있어? 말도 안 되게 멋있어?"

"와우! 이건 정말 말도 안 되게 멋있네!"라고 대답해준다.

#엄마는리액션의여왕

28

"소울아, 텐트 치고 숲에서 자는 게 좋아, 호텔에서 자는 게 좋아?"

"호텔에서 자고 아빠랑 호텔 수영장에서 수영하는 게 좋아!"

"그래? 그럼 호텔에서 자는 게 좋아, 캠핑카에서 자는 게 좋아?"

"엄마! 나 캠핑카에서 자는 게 꿈이다! 나는 과학자가 되는 것도 꿈인데

연구실을 캠핑카로 할 거야!"

"오~ 괜찮은데?"

#그래서카라반검색중인엄마

29

잠들지 못하고 여기 쿵 저기 쿵 머리를 박고 있는 류이에게 소울이가 한
마디한다.

"류이야, 하나님은 사람한테 머리를 하나씩 주셨어. 머리는 생각하라고
주신 거야. 그러니까 조심해야 해. 쿵쿵 부딪혀서 세포가 자꾸 죽으면 너
도 죽을 수 있어. 알았지?"

"엄마 나 방구 뀌었는데 어떤 느낌인지 알아? 우주선이 우주로 날아갔다
가 떨어지는 느낌이었어!"

소울이가 제주의 어느 카페에서 놀다가 카페에서 기르는 개(고명이)한테 살짝 물렸다. 긁히는 수준이었지만 식겁한 건 사실이었다. 집으로 돌아오는 길에 소울이와 그 이야기를 나눴다.

"엄마, 고명이는 왜 물었을까? 혹시 장난치고 싶어서 그런 게 아닐까?"

"응, 그랬던 거 같아."

"근데 고명이가 좀 외로운 거 같았어."

"생각해보니 엄마도 그런 느낌을 받긴 했어."

"고명이 좀 불쌍하다. 그치?"

"그래도 물면 안 되지!"

이렇게 결론을 내렸지만 외로운 정서를 6세 남아가 이야기하니 엄마는 순간 네가 낯설었다.

32

잠들기 전 소울이가 뜬금없이 말을 건넨다.

"엄마, 여자랑 남자는 다르지?"

"뭐가?"

"남자는 크면 (턱을 가리키며) 여기에 수염이 나고~"

"맞아! 여자는?"

"여자는 (팔을 가리키며) 여기에 나지!"

#미안하다 #엄마가팔에털이많아서 #털많으면미인이래

33
_____

"엄마! 내가 과학자가 되려고 얼마나 많은 생각을 하는지 알아?"

34
_____

"엄마, 류이 머리가 왜 이래?"

"그냥 엄마가 묶었어. 왜? 이상해?"

"머리카락에 꼭 소시지가 있는 거 같아."

35
———————————

어느 날, 오후 간식으로 아이들에게 옥수수를 삶아줬다.

"옥수수 맛있지?"

"응! 엄마 사랑맛이야!"

#도대체이런말은 #어디서배우는거지?

"엄마, 하늘 좀 봐!"

"와! 이쁘다!"

"엄마는 해가 질 때가 좋아?"

"응! 소울이는 해가 질 때가 좋아, 해가 뜰 때가 좋아?"

"해가 질 때!"

"왜?"

"해가 질 때 하늘에 여러 가지 색깔이 보이잖아. (하늘을 올려다보며) 솜사
탕 같다."

"정말 그러네~"

"엄마, 엄마 손 잡고 건강하게 사는 게 내 꿈이야."

오늘 아침, 소울이가 일어나자마자 오줌 싸러 가면서 내게 한 말.

38
_____

"자, 이쪽으로 올라가세요."

"엄마가 무슨 선생님이야?"

"왜, 엄마가 선생님 하면 안 돼?"

"안 돼!"

"왜?"

"그럼 선생님 말 들어야 하잖아!"

#엄마말도들어주면안되겠니

39
_____

소울이에게 잠들기 전 뽀뽀를 해주니,

"우리 결혼해서 애기 또 낳자! 이름은 베이비라고 할까?"

헉!

#오이디푸스소울

40
_____

소울이는 아빠에게 곤잘 질문을 한다.

"아빠, 영어는 누가 만들었어요? 영어를 인터넷으로 주문해봐요!"

#인터넷쇼핑중독자

"자자."

"안 잘 거야. 놀 거야."

"자자."

"이제 내 마음대로 할 거야."

"어떻게?"

"밥도 안 먹고 장난만 치고!"

"(놀라는 척하며) 진짜? 나쁜 아이가 된다고?"

"(당황하며) 아니, 밥도 안 먹고 장난만 계속 칠 뻔했다고~"

"이제 자자."

"엄마는 제일 좋아하는 차가 뭐야?"

"엄마? 글쎄… 커피! 너는?"

"나는 으라차차!"

#오늘하루도으라차차!

43
_____

양치질을 하다 말고 소울이가 한마디한다.

"엄마, 엄마 건 세상에 하나도 없어. 다 하나님 거야."

"그래? 하나님이 엄마한테 주신 거니까 엄마 거 아니야?"

"맞아! 근데 나중에 죽으면 하나님한테 다시 줘야 해."

"맞는 말이네~"

"엄마 나 사랑해?"

"그~럼 당연히 사랑하지!"

"그럼 류이는?"

"류이도 사랑하지!"

"(작은 목소리로) 근데 류이보다 나를 더 사랑해?"

"응. 이건 비밀이야. 그러니까 류이한테는 말하면 안 돼."

"근데 비밀은 없으니깐~ 류이야! 엄마가~~"

"안 돼! 소울아, 비밀은 지켜주는 거야!"

#소울이가류이만할때 #비밀이없다고말해준사람은 #아마도나였던것같다

45
_____

시뻘건 자두를 얼굴에 온통 묻히며 먹는 류이를 보더니 소울이 하는 말.

"엄마, 쟤 좀 치워줘."

46

"엄마, 에펠탑 보러 가고 싶어? 내가 데려가줄게! 대신 해야 될 게 있어."

"뭔데?"

"내 말을 잘 들어야 해."

"아이고, 그러죠~ 에펠탑만 데려가주신다면야~"

"아, 또 있어. 류이를 잘 돌봐야 해!"

#그건엄마가알아서잘해볼게

47

"엄마! 여자 두 명이랑 결혼하면 안 돼?"

"응. 한국에선 그럴 수 없어. 왜? 두 명이랑 결혼하고 싶어?"

"응. 예나랑 규린이랑."

"그 친구들한테 말했어?"

"아니, 그건 아니고 혼자 생각한 거야."

"근데 윤서는 어때? 윤서는 결혼하고 싶은 생각 안 들어?"

"아, 윤서도 좋긴 한데. 윤서 동생 윤우 때문에 신경쓰여. 결혼하면 자꾸 방해할 거 같아서."

#처남자리까지생각하는소울

48

어린이집 친구 예나를 좋아하는 소울이. 아침에 가져간 새콤달콤을 예나에게 두 개 주고 싶었는데 못 줬다고 아쉬워한다. 학기 초에는 하영이를 좋아했었는데 왜 예나로 바뀌었냐고 물으니, "둘 다 이쁜데… 예나가 치마를 입어서 그런가?"

#이러고있다 #남자소울

49 _____

"소울아, 옷 거꾸로 입었다. 다시 입어."
"거꾸로 입어도 잘생겼지?"

예배를 마치고 나와서 소울이가 류이에게 한마디한다.
"류이야, 복음이 뭔지 알아?"

잠들기 전 또 류이에게 묻는다.
"류이야, 너 하나님 알아?"

"소울아, 너가 류이한테 알려줘. 복음이 뭔지, 하나님이 누구인지."
"근데 엄마, 복음이 넣는 건 줄 알았는데 전하는 거더라."

#류이세례교육받은날

51
_____

"소울아, 오늘 류이 목욕해야 할 거 같아!"

"왜?"

"머리에서 지린내가 나는 거 같아!"

"실망이야?"

"응. 완전 실망이야!"

"소울아, 너한테 좀 미안한데 엄마 머리에서 냄새난다."

"무슨 냄새? 파인애플 냄새?"

"아니. 더 지독한 냄새."

"(킁킁) 아닌데~ 맛있는 콜라 냄새가 나~"

#사흘안감은머리 #콜라냄새를맡아보긴한거니

소울이는 화산, 지진, 용암, 공룡을 좋아한다. 화산에 관련된 책을 보다가
폼페이의 석고상들이 나오는, '멈춰버린 죽음의 순간'이라는 페이지를 보
며 "이건 뭐야? 왜 이렇게 된 거야?" 물어보길래 이야길 해줬더니 "죽어
있지만 이 사람의 마음은 콩닥콩닥 뛰고 있어?"라고 묻는 소울이.

"엄마, 공룡은 죽었지만 공룡이 한 생각은 남아 있을걸?"

"그래? 무슨 생각이 남아 있을까?"

"예를 들면 이런 생각… 참 좋았다!"

잠들기 전에 책을 읽어주겠다고 하면 소울이는 매번 공룡 백과 내지는 파충류 백과 혹은 자동차 백과 같은 백과사전류의 책을 가져온다. 이야기책 가져오면 좋겠다고 말했던 게 생각났는지 소울이가 나에게 말을 건넨다.

"엄마, 내가 이야기책 가져왔으면 좋겠어?"

"응. 엄마는 소울이한테 이야기를 들려주고 싶어."

"근데 엄마는 공룡이랑 파충류 같은 거를 자세히 알고 싶지는 않아? 나는 그래서 백과사전이 좋아!"

#백과사전이좋은이유 #엄마는빨리읽어주고재우고싶어서

56
———————————

류이가 안 자고 계속 장난을 치니 소울이가 대뜸 하는 말.
"엄마 쟤 좀 재워봐! 류이는 언제 나만큼 클까?"

#금방큰다

57
_____

"소울아, 어린이집에서 너 좋아하는 여자친구 없어? 혹시 하영이가 너 좋
아할까?"

"아니! 다경이. 다경이가 맨날 같이 놀자고 쫑알쫑알 따라다녀."

58
_____

오늘 아침 일어나 처음으로 소울이가 한 말.

"엄마, 꿈은 만질 수 없지?"

#응이라고대답했는데왜?라고다시묻네 #꿈은만질수없지만그릴수있어

59

오늘 소울이가 제일 많이 한 말은 "그리워"였다.

발리 사진을 보며 "엄마, 발리 갔을 때가 그리워. 또 가고 싶다."

두 살 때 사진을 보며 "엄마, 이거 나 어렸을 때야? 아~ 그립다!"

소울아, 엄마도 너의 두 살 때가 그립다.

#그리움을알만큼살았구나 #어느덧 #6세남아

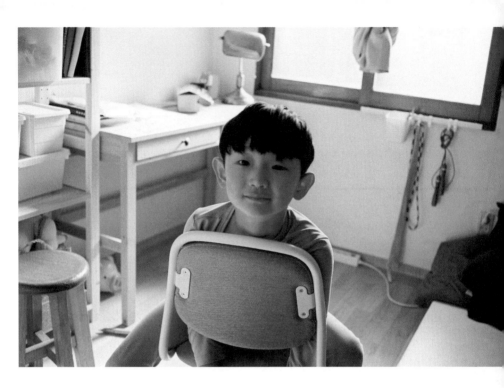

발 디딜 틈 없이 난장판이 된 장난감 방을 큰맘 먹고 치워줬다.

어린이집에 다녀온 소울이에게 "엄마가 치워줘서 고맙지?"라고 물었더

니, 돌아온 말은 "엄마, 난 속상해. 내가 멋있게 치우려고 했는데 엄마가

치워버렸잖아."

61

등뒤로 다가오더니 내 눈을 가리는 아이.

"누구게?"

"김류이인가? 힌트 좀 줘봐!"

"머리가 있고, 잘생기고, 엄마가 제일 사랑하고, 엄청 혼나!"

"ㅋㅋㅋㅋㅋ… 김소울!"

"딩동댕~"

#엄마가많이혼냈니

"엄마, 정글포스로 싸움놀이 할까?"
"싸움놀이는 아빠가 전문이잖아. 아빠랑 해~"
"엄마! 사람은 해봐야 알아~ 그러니까 하자!"

언젠가 내가 소울이에게 했던 말인 것 같다.
살면서 내가 했던 말들을 이 아이에게 얼마나 돌려받을까?

63 _____

"따뜻한 미역국에 밥 말아 먹고 싶다. 목이 아프거든…"
저녁 무렵 소울이가 한 말이 생각나 미역국을 끓이는 새벽 한시.

64

소울이가 어린이집에서 금붕어 한 마리를 가져왔다. 화분이든 곤충이든
생명을 집안에 들이는 일엔 신중한 편인데 이렇게 어린이집에서 보내올
때는 대책이 없다. 받아들이는 수밖에. 금붕어의 이름을 엘프라고 짓고
작은 유리 수조에 넣어주었다.

"엄마! 엘프 동생이 생기면 '지프'로 할까? 아니면 '롤리'는 어때?"

#작명느낌아는소울 #일단엘프부터잘키워보자

65 _____

차 안에서 소울이가 아빠와 함께 끝말잇기를 하고 있었다. "그네"라고 아
빠가 끝말을 이었고 다음이 소울이 차례였다. 소울이의 입에서 나온 말은
"네네 선생님!" 그건 안 된다고 하자 소울이 하는 말.
"내 인생은 망했어."

#끝나지않는끝말잇기

참고 참다가 결국 목욕 시간에 폭발했다. 엉덩이 한 대 찰싹. 소울이는 울다가 먹은 것을 토해냈다. 나는 아랑곳하지 않고 물을 끼얹었고 류이는 분위기를 살피며 작은 소리로 칭얼거렸다. "엄마 나 안 사랑해?"라는 소울이의 물음에 너는 사랑하는데 너의 이런 행동은 싫다고 말해줬다. 엉덩이에 난 바알간 손자국을 보니 내 엄마가 생각났다. 그 시절 엄마의 마음을 이제야 알 것 같았다.

"아빠, 아빠한테 말해줄 게 있어. 이건 비밀인데 아빠가 속상할 수도 있고, 슬플 수도 있어."

"뭔데? 말해봐~"

"음, 뭐냐면, 나는 아빠보다 엄마가 조금 더 좋아."

"헉, 왜?"

"왜냐면~ 마음이 그래."

"근데 소울아, 사람 마음이 또 바뀔 수 있는 거니까 내일까지 잘 생각해봐."

아빠는 아직까지 충격에서 헤어나오질 못하고 있다.

#마음이그래 #엄마마음도그래

소울이가 〈마법천자문〉 노래를 부를 수 있다며 "마법천자문~ 마법천자
문~" 하는데 음이 맞질 않는다. 내가 "혹시 이 음이야?" 하며 "마법천자
문~ 마법천자문~" 하고 불렀더니 소울이 하는 말.
"아니 아니! 좀더 아름답고 평화롭게 불러야 해!"

69

소울이가 불현듯 대단한 사실을 발견했다는 표정으로 하는 말.

"엄마! 하루가 지나면 다시 또 같은 하루로 돌아갈 수 있다! 예를 들면, 우리가 어제 새현이 누나를 만났잖아? 그것처럼 다음날 일어나서 또 새현이 누나를 만나면 된다? 맞지! 신기하지?"

미국 시카고에서 지낸 지 스무 날이 지날 즈음이었다.

"빨리 한국 가고 싶다. 엄마도 그렇지?"

"왜 한국 가고 싶은데?"

"음… 손 씻고 티브이 보면서 우유 마시고 싶어서~"

#그리운한국의일상 #미국우유가입맛에안맞니

71
_____

금발의 꼬맹이가 지나가길래 소울이에게 귀엽다며 저 아이 좀 보라고 했
더니, "그러네~ 근데 류이가 더 귀엽다!"라고 한다.

#다행이다 #더커서싸우지나말길

잠을 자야 하는데 류이가 안 자고 난리블루스를 추니 옆에 누워 있던 소
울이가 하는 말.
"나는 애기 때 류이처럼 안 그랬던 거 같은데…"

#너는더했다

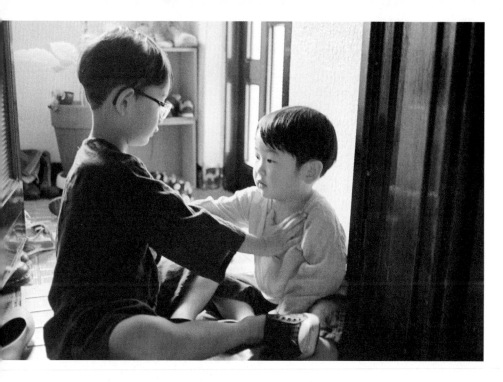

소울이는 쿵쿵쿵 심장 박동이 느껴지는지 자신의 가슴에 손을 대보곤 한다. 어느 날인가 외출을 하려고 준비하고 있는데 소울이가 류이에게 다가가더니 가슴에 손을 대며 물어본다.

"류이야, 네 심장 소리 들려? 형아 심장 소리 느껴볼래? 여기 손 대봐."

두 살짜리 동생 류이는 어리둥절한 표정으로 형이 시키는 대로 한다.

냇가에서 올챙이를 잡으며 놀던 날이었다. 신나게 잡은 걸로 만족하고 올챙이를 다시 풀어주고 오자는 내 말에 선뜻 풀어주고 오긴 했는데 소울이는 뭔가 아쉬움이 많은 표정이었다.

"올챙이 두 마리만 가지고 올걸."

"왜? 원래 살던 곳으로 돌려보내주니까 마음도 좋지 않아?"

"그건 그런데… 올챙이랑 개구리는 본 적이 있어도 뒷다리가 나오고 앞다리가 나오는 건 책에서도 본 적 없어서 보고 싶단 말야! 과학자는 관찰을 잘해야 해…"

올챙이를 풀어줄 때 이렇게 말했더라면 집으로 가져올 뻔했다.

#설득하거나설득당하거나 #정신바짝차려야한다

우리집 냉장고에는 사진 몇 장이 붙어 있다. 그중에 에펠탑을 배경으로 검정 민소매 옷을 입고 활짝 웃고 있는 내 사진을 한참 보더니 소울이가 한마디한다.

"(창피하다는 듯) 엄마! 엄마는 왜 에펠탑에 가는데 내복을 입고 갔어?"

#파리에선 #내복패션도 #용서된단다

76
<hr />

소울이 다리에 인대가 늘어나서 깁스를 하고 있던 날이었다. 마침 친구가 놀러왔는데 자동차를 좋아하는 친구였다. 매트 위에다 장난감 자동차를 줄지어 놓고 부릉부릉하면서 친구는 놀고 있는데 소울이는 장난감 전철을 길 한쪽에 세워두고는 하는 말.

"수요일은 전철 쉬는 날이야."

#애쓴다

77

"엄마! 엄마는 귀신이 무서워, 아니면 류이가 우는 게 무서워?"

#류이가우는게더무서워

78

소울이가 놀이터 한쪽에 있는 허리 돌리는 운동기구에 올라가더니,
"여기는 어른들 몰래 하는 곳이야"라며 친구에게 귓속말을 한다.

#너만알고있어

"아까는 왜 집에 안 들어간다고 했어?"

"집에 오면 심심해서."

"심심해? 집에는 소울이가 좋아하는 장난감도 있고 티브이도 있잖아."

"근데 엄마~ 내가 원하는 게 한 가지 없어."

"그게 뭔데?"

"아빠!"

#아빠는부재중

80

"소울아, 엄마 쭈쭈를 왜 자꾸 만져?"

"엄마 쭈쭈가 좋아."

"왜 좋아?"

"엄마 쭈쭈가 귀여워."

"그래도 그만 만지면 안 될까?"

"엄마 쭈쭈가 필요해."

#솔직한너의고백

81

할머니와 이야기하던 소울이, 할머니가 칭찬하듯 말을 건넸다.

"똑똑한 우리 소울이 모르는 게 없네!"

"할머니 저 모르는 거 하나 있는데요?"

"뭔데?"

"제가 언제 죽을지는 몰라요."

"하하하하, 니 아들 똑똑하다. 잘 키워야겠다."

이동하는 차 안에서 아빠가 소울에게 말했다.

"소울아, 욕은 하면 안 돼. 욕하는 사람은 자신의 가치를 스스로 떨어뜨리는 사람이야. 욕하는 사람, 침을 아무데나 뱉는 사람. 다 마찬가지지."

가만히 듣고 있던 소울이 아빠에게 툭 질문을 한다.

"아빠! 그럼 담배 피우는 사람은요?"

"담배 피우는 사람은…"

차 안에서 같이 듣고 있던 할머니, 이모, 엄마는 조용히 키득거렸다.

83

———————

모처럼 문화생활을 하기 위해 미술관으로 향했다. 유럽의 여러 화가들의 그림이 전시되어 있었다. 전시장과 전시장 사이에는 화려한 궁전 사진으로 꾸며져 있었는데 그 사진을 보더니 소울이가 진지하게 물어본다.

"예식장이야?"

#아는만큼보인다

밥을 먹다가 류이가 물을 쏟았다. 몇 분 전에도 소울이가 쏟은 물을 치운
상황이었다. 성질을 내며 소울이에게 물어보았다.

"소울아, 엄마 기분이 어떨 거 같아?"

"음… 엄마가 고기를 파는 사람인데 고기가 하나도 안 팔린 기분일 거 같
아."

#고기좀사세요

85
_____

"류이야, 형아가 다섯 살 때 엄마보다 일찍 일어나서 방 정리를 싸~악 하
고 아침밥도 차린 적이 있어!"
"네가? 언제? 몇월 며칠 몇시 몇분?"
"엄마~ 기억 안 나? 기억력 대박!"

#허언증

86

"엄마, 나이는 너무 빨리 드는 거 같아. 내가 벌써 여덟 살이라니!"

87

"엄마, 나는 사실 일곱 살 반 때 이런 생각을 했다. '내가 다 컸구나. 그러니까 초등학생 형들처럼 멋있는 척을 해야겠다'라고. 근데 내가 엄마한테 길거리에서도 자주 혼나잖아. 그럼 사람들이 그걸 보고 '아, 쟤는 어린애구나'라고 생각할 거 아냐. 그래서 초등학생처럼 해도 소용이 없을 거 같았어."

#7세반남아의진지한생각 #길거리에서혼내지말라는말을길게한거지?

등굣길에 소울이가 진지하게 말을 꺼낸다.

"엄마! 다섯 살 애들이 나를 몇 학년으로 보는 줄 알아?"

"글쎄? 몇 학년으로 보는데?"

"3학년이나 4학년 정도로 본다!"

"그걸 어떻게 알아? 애들이 그렇게 말해?"

"아니, 애들이 나를 보는 눈빛이 그래. 존경의 눈빛으로 봐!"

소울이가 오늘 아침 침대에서 눈뜨자마자 한 말.
"여기가 그 천국이란 곳인가?"

"엄마~ ○○이는 엄마가 아빠랑 싸우고 나가서 이제 엄마랑 같이 안 산대…"

"진짜? 그럼 아빠랑 산대?"

"응. 근데 새로운 엄마가 왔대."

"아. ○○이는 엄마가 보고 싶겠다."

"새로운 엄마가 더 잘해준대. 전에 엄마는 잘 안 해줬대."

"아… 그럼 다행인 건가? 소울아, 만약에 엄마랑 아빠랑 싸워서 따로 살아야 한다면 누구랑 살 거야?"

"글쎄… 누.구.랑.살.까.요.알.아.맞.혀.보.세.요.딩.동.댕! 만약에 아빠랑 엄마랑 싸우면 엄마가 그냥 양보해~"

그때 류이가 급하게 한마디한다.

"나는 이모랑 살 거야! 이모!"

91
_____

공원에서 라면을 먹으며 우리가 나눈 대화.

"어제 태준이 형아가 사이다로 손 씻었지?"

"응. 탄산수로! 다 보고 있었어? 소울이는 엄마랑 이모랑 하는 이야기도

다 듣지?"

"응! 내가 얼마나 쫑긋하는데~"

"왜 쫑긋해?"

"안 들으려고 해도 자꾸 들려서~"

#애들앞에선말조심

92
_____

"소울아, 엄마 목소리 자두 엄마랑 똑같지?"

"아니! 엄마는 온순한 여자라서 처음에는 착하게 말하잖아. 근데 자두 엄
마는 처음부터 야! 최자두! 이렇게 혼내면서 말해."

93

"엄마. ○○이가 그러는데 어떤 원숭이는 다리가 네 개래. 근데 그냥 뻥치는 말 같아!"

"그래? ○○이도 어디서 보거나 듣고 한 말 아닐까? 그냥 뻥으로 말할 친구는 아닐 거 같은데."

"아니야. 멋있는 척하려고 말하기도 해. 걔 요즘 야생동물 같아졌어."

"엄마, 하나님도 없고 아무도 없을 때, 처음은 무슨 색이었을까?"

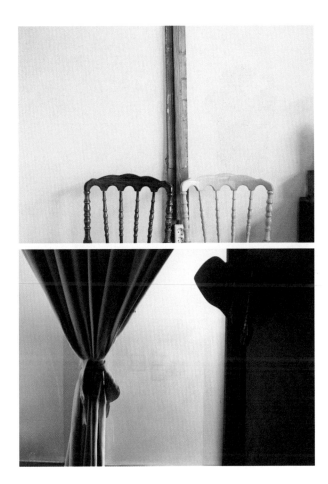

95

"엄마 있잖아, 오늘은 운이 안 좋은 사람이어도 괜찮아. 왜냐면~ 내일은
좋거든~"

"정말? 어떻게?"

"원래 사는 게 그런 거래~"

96

학교에서 회식이 있어서 저녁 시간 동안 친정 엄마께 아이들을 봐달라고
부탁했다. 류이가 감당 안 되게 말을 안 듣고 사고를 치니 친정 엄마가 언
성을 높이며 아이들을 혼내셨나보다. 소울이가 지나가면서 했다는 말.
"어휴~ 야단을 안 치는 사람이 없네!"

소울이가 태권도장을 다닌 지 2주 정도 지났는데 안 가면 안 되냐고 묻는
다. 왜냐고 물어보니 먼저 태권도장을 다닌 여자아이가 자기가 하나님인
것처럼 이래라저래라 하며 자기 맘대로 하려고 한단다. 소울이에게 이런
저런 코치를 해줬는데 하루는 "엄마~ ○○이한텐 말이 안 통해! 엄마가
알려준 대로 말해도 소용이 없어!"라며 한숨을 푹푹 내쉰다. 엄마가 대신
상대할 수 없는 일이니 네가 잘 말해보라고 하는 수밖에 없었다. 며칠 뒤
소울이가 태권도장에서 있었던 일을 입에 침을 튀어가며 이야기한다.

"○○이가 나한테 태권도장을 그만두든지~라고 말했어."

"그래서 넌 뭐라고 했어? 니가 그만둬!라고 했어?"

"아니~ 니가 그만둘 때까지 나는 계속할 거다! 라고 했어."

"오~ 잘했어!"

고고학자가 되고 싶다는 소울이와의 대화.

"소울아, 고고학자가 되려면 공부를 잘해야 해."

"왜?"

"고고학과가 있는 대학교가 몇 군데 안 되는데 거기에 들어가려면 공부를 잘해야 한대."

"그럼 나『한글, 수』할래! 엄마, 고고학자가 되면 돈은 얼마큼 벌어?"

"글쎄… 고고학자들이 돈을 얼마나 버는지는 모르겠네."

"근데 나는 고고학자가 돼서 돈을 벌기도 하겠지만 사람들을 놀래켜줄 거다! 스피노사우르스랑 트리케라톱스가 싸우는 화석을 발견할 거야!"

#그렇다고놀이터에서흙을손으로파는건좀

두 녀석을 씻기려고 옷을 벗겨둔 채였는데 류이가 장난을 치다가 거실 바닥에 오줌을 쌌다. 일부러 그랬다는 데 화가 나서 "넌 지금부터 강아지 하자"고 하며 "메리"라고 불렀더니 류이가 "메리 안 할래!"라며 통곡을 했다.

지켜보던 소울이가 살며시 끼어들었다.

"엄마, 딱 한 번만 용서해주자, 응? 이번 한 번만 기회를 줘!" 이러길래 "무슨 기회를 줘?" 하고 싸늘하게 대답했더니, 소울이가 다시 류이에게 가서 설득을 한다.

"류이야, 나한테 방법이 있어. 너 딱 일주일만 메리 할래? 아니면 평생 메리 할래? 엄마한테 용서해달라고 말하고 딱 일주일만 메리 해!"

"메리 안 할래!"

#듣고있다가웃음터질뻔 #류이는일주일간메리인걸로

숲 놀이터에서 나뭇조각을 가지고 논 뒤 정리하는데 정리는 하지 않고 말
만 계속하는 소울이에게 한마디했다.
"소울아, 말은 그만하고 정리해줄래?"
"엄마! 나는 정리만 하면 말이 나와~ 그래서 내가 항상 정리를 못하는
거야~"

#아이코 #어련하시겠어요

101

초등학생이 된 소울이. 1학년 수업이 끝나면 돌봄 교실에서 하루를 보내
는 터라 종일 누구랑 놀았는지, 뭐하며 놀았는지, 간식은 뭘 먹었는지 묻
곤 한다.
"소울아, 오늘 간식은 뭐 먹었어?"
"엄마! 돌봄 간식이 진화하고 있어. 이러다 밥 나오겠어."

#도대체뭐가나왔길래

102
—————————————

어느 날 소울이가 뜬금없는 질문을 한다.

"엄마, 고추가 없는 게 불편해? 안 불편해?"

"글쎄 딱히 불편한 건 없는 거 같은데, 왜?"

"나는 불편해. 고추를 어디에 둬야 할지 모르겠어. 위로 올리면 차갑고 아

래로 두면 찝찝하고… 가운데로 두면 딱 좋겠는데…"

#계속가운데로두는건 #더불편할거란다

103
_____

일어난 지 얼마 안 되어 굼뜬 소울이에게 서두르라며 다그치고는 현관을
나서는데 뒤에서 들리는 한마디.
"엄마, 좀 침착하면 안 돼? 늦으면 좀 어떻다고. 그냥 같이 좀 가자!"

매일 아침, 소울이와 나는 전철을 타고 학교로 간다.

"소울아, 종로3가에 내려도 학교로 갈 수 있다?"

"정말? 그럼 우리 종로3가에서 내리자."

"근데 그러면 시간도 더 걸리고 길도 지저분해."

"그래도 종로3가로 가자. 궁금하단 말야."

소울이의 궁금증을 해결하기 위해 종로3가에서 내린 날이었다. 맘이 급했는지 나를 쫓아오다가 소울이가 털퍼덕 넘어졌다. 바닥에 넘어져 휘둥그레진 눈동자로 쳐다보고 있는 소울이가 일어나면서 하는 말.

"엄마, 근데 웃긴 게 뭔지 알아? 넘어지는데 방구가 뽕 나왔다?"

105

지난 주말 아빠와 목욕탕에 다녀온 소울. 샤워하다 말고 혼잣말로 중얼거린다.

"목욕탕은 물을 얼마나 많이 쓸까?"

#세상진지함

106

월요일이면 1학년 교실에선 주말 동안 있었던 일을 발표하는 시간을 갖나보다. 어떤 아이는 부산에 가서 수영도 하고 어떤 아이는 놀이동산 가서 놀았다고 하며 부러워하는 소울이었다.

"소울아, 너는 뭐라고 발표했어?"

"응~ 내 동생 류이가 아침에도 바지에 오줌 싸고, 점심에도 바지에 오줌 싸고, 저녁에도 쌌다고 했어."

일요일, 예배를 마치고 집으로 돌아오는 길에 소울이가 질문을 던졌다.

"엄마, 하나님이 아담과 하와를 만드시고 그다음에는 어떻게 사람이 많아진 거야?"

"음 그러니까, 아담하고 하와가 결혼을 해서 아이를 낳고 그 아이가 또 결혼을 해서 아이를 낳아야 하는데… 누구랑 결혼을 하지? 소울아~ 엄마는 여직 그 생각을 제대로 해보질 못했어! 웬일이니! 아무튼 결혼을 하고 아이를 낳고 다시 또 결혼을 하고 아이를 낳고 이렇게 해서 많아진 거야."

"(창밖에 지나다니는 사람들을 보며) 엄마, 그럼 저 사람들도 다 우리 가족인 거네! 가족!"

"그러네! 가족이네. 하하하."

여름방학이 다가올 무렵, 소울이와 방학 동안 하고 싶은 일에 대해 이야
기를 나눴다. 수영도 하고 싶고 숲에 가서 곤충도 잡고 싶다고 하길래 이
번 방학의 키워드는 '수영과 채집'으로 정했다.

다음날, 1학년 교실에서 방학을 어떻게 보낼지 이야기 나누는 시간에 소
울이가 친구들에게 이렇게 말했다고 한다.

"야~ 나 피곤하게 생겼어. 채집하러 다녀야 돼~"

#아뭐냐 #피곤한건엄마거든

109

"소울아, 엄마가 요즘 제일 힘든 때가 언제인 줄 알아?"

"언젠데?"

"주말이라서 잠 좀 더 자고 싶은데 류이는 머리맡에서 엄마 머리카락 밟고 돌아다니지, 소울이는 엄마한테 딱 붙어서 시끄럽게 떠들지, 그때가 제일 힘들어."

"아아~ 이젠 안 그럴게~"

#서로를알아가는과정 #대화가필요해

점심시간, 운동장에서 땅을 파고 있는 소울이를 지나쳐 제기차기를 하는 아이들에게 다가갔다.

"선생님, 제기차기 어려워요."

"그래? 다리를 이렇게 해서 차봐~ 한 개, 두 개, 세 개, 네 개, 다섯 개, 여섯 개!"

"우와~ 선생님 잘하신다!"

점심시간이 끝나는 종이 울리고 아이들은 우르르 교실로 들어갔다.

학교를 마치고 집으로 오는 길에 소울이가 바깥놀이를 안 했다고 짜증 섞인 말투로 투덜거렸다. 점심시간에 바깥놀이 하지 않았냐고 물어보니 전혀 하지 않았다고 우기기 시작했다. 문득 사진을 찍어둔 게 생각나서 보여주었다.

"소울아, 너 점심시간에 놀았던 증거를 찾았어!"

"아~ 이건 논 게 아니야! 그냥 땅을 판 거야! 논 건 아니야!"

"뭐야~ 어쨌든 운동장에서 땅 파고 놀았잖아!"

"근데 엄마, 제기 잘 차더라~"

#안보는척 #툭던지는아들의한마디에 #사르르르

111

"소울아, 너 요즘 하윤이랑 자주 놀더라?"

"응! 나 하윤이 좋아해."

#학기초에이랬던소울이 #여자애들은잔소리가너무심해 #남자애들이랑만논다

112

크리스마스를 손꼽아 기다리는 소울. 〈울면 안 돼〉 노래를 부르다 말고,

"울면 안 돼~ 울면 안 돼~ …근데 왜 울면 안 돼? 우는 게 뭐 어때서?

우는 거랑 선물 주는 거랑 무슨 상관인데?"

#산타할아버지가육아를좀해보신듯

113
_____

갑자기 추워진 어느 날이었다.

"아오~ 춥다 추워!" 하니 소울이 하는 말.

"이게 겨울이지~"

#애어른소울

114
_____

"엄마, 눈 오는 날만 기다렸어?"

"응! 여기 오려고!"

눈이 많이 내리던 날 아이들을 데리고 진관사 계곡을 향하던 나에게 소울

이가 한 말이다.

#사계절이궁금한숲 #확인하듯묻는너의화법

류이 기록

1
_____

"형아는 아빠를 더 좋아하고 류이는 엄마를 더 좋아해!"

"왜 엄마가 더 좋아?"

"으응~ 엄마가 편해."

"엄마가 왜 편해?

"(내 뱃살을 만지며) 이거 봐. 푹신푹신하지~"

2
_____

기차를 타고 할머니 댁에 가는 길에 하늘을 올려다보던 류이의 한마디.

"엄마, 하늘이가 바다 같아!"

#비유법을알기시작한3세

3
_____

영유아건강검진 문진표를 작성하다가 문항 중에 '어른이 시키면 "미안
해" "고마워"라는 말을 한다'가 있길래 류이에게 "고마워"라고 따라 말해
보라고 시키니 잘 따라한다. 평소 자발적인 경우를 제외하고 "미안해" 하
며 사과하라고 시키면 입을 닫아버리는 류이라서 '고마워'라는 말도 안
따라할 줄 알았다. 류이에게 왜 '미안해'라고 사과하라고 하면 안 하는 거
냐고 물어보니 한마디한다.
"불편해서!"

#프로불편러

4
_____

"형아랑 엄마랑 류이랑 끝이 아니지~?"

"응? 그게 무슨 말이야?"

"형아랑~ 엄마랑~ 류이랑~ 끝이 아니지?"

"(말하는 의도를 파악하지 못했지만) 응. 끝은 아니지~"

"아빠도 있지~"

"그러엄! 아빠도 같이 있고 싶어?"

"응! 가족이니까."

#가족이니까 #같이

5
_____

"엄마! 우리집 변기통은 차가워! 바나나반 선생님집 변기통은 따뜻했는데."

"류이는 변기통이 따뜻한 게 좋아?"

"응! 따뜻한 게 좋아. 바나나반 선생님네 변기통은 봄인가봐!"

6

"오늘 날씨 춥다"라고만 하면 "지금 딸기 철이야? 딸기농장 가는 거야?"
라고 해맑은 미소로 물어보던 류이.

7 _____

류이가 부츠 신은 발로 장난을 치다가 내 얼굴을 제대로 가격했다. 인간
적으로 너무 아파서 뭐라고 했더니 가만히 듣던 류이가 하는 말.
"안 무서운데?"

#너를어쩌면좋니

8
_____

한번은 예배시간에 류이가 하도 장난을 쳐서 예배당 밖으로 데리고 나와

혼을 냈더니 하는 말.

"시끄러워~"

#너를어쩌면좋냐고

9

_____

고모가 집에 놀러온 날이었다.

"고모, 우리집에 고릴라 있어요!"

(아빠가 종종 고릴라로 변신해서 놀아준다.)

"그래? 고릴라는 어디 있는데?"

"작업실에 갔어요!"

"고릴라가 작업실에서 뭐하는데?"

"축구해요."

#류이의마인드맵 #아빠고릴라작업실축구 #중요한키워드는다알고있는류이

10

저녁을 먹고 설거지를 하고 있는데 류이가 엉엉 울길래 가보니 소울이가
돌리던 줄넘기 줄에 맞았다고 한다.

류이의 허벅지에 벌건 자국이 남아 있었다. 버럭 소리를 지르며 "김소울,
너 이리 와봐! 이거 봐! 이거 보여? 동생이 있는데 줄넘기를 하면 다쳐,
안 다쳐!" 하고 다그쳤다.

소울이는 류이한테 저리 가라고 했는데 류이가 안 가서 그런 거라며 줄이
거기까지 닿을 줄 몰랐다고 했다. 눈물을 뚝뚝 흘리며.

"동생이 안 비키면 다른 데 가서 하든가 해야지"라며 계속 소울이를 잡고
있는데 류이가 끼어든다.

"내가 안 비켰어~"

"형이 줄넘기를 하면 비켜야지. 너는 왜 안 비켰어?"

"한번 맞아보고 싶었어~"

듣고 있던 나도, 울고 있던 소울이도 어이가 없어서 웃음이 터져버렸다.

11
_____

유난히 컨디션이 좋은 날이 있다. 아이들에게도 너그러워지고 덜 다그치

게 되는 날. 그런 날이었던 것 같다. 류이가 내게 말한다.

"엄마 오늘은 착하게 말하네~"

12
_____

마시는 걸 좋아하는 류이. 우유랑 물을 번갈아 마시던 류이의 말.

"엄마, 우유랑 물이랑 같이 먹으면 물이가 이겨!"

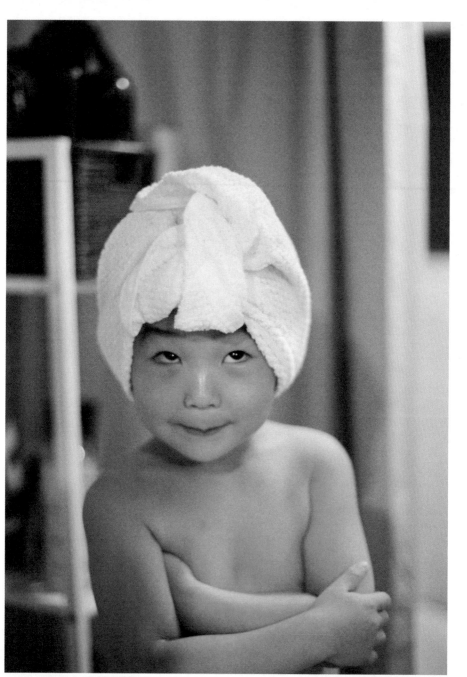

13

류이가 어깨를 주물러주길래 "류이야 너 안마 잘한다!"라고 칭찬했더니
"내가 좀 배워떠!" 이러고 있다.

14

애교가 많은 둘째는 곧잘 나에게 와서 안긴다.

"우리 류이 어딜 먹을까~ 코가 맛있을까? 입술이 맛있을까?"

"이빨 먹어봐! 근데 치카하면 맛이 없어~"

15
_____

시카고에 살고 있는 이모와 페이스타임을 했다.

캡틴아메리카 코스튬 의상을 입고 아무 말 없이 쳐다만 보는 류이에게 이
모가 물었다.

"우와, 멋있다. 그런데 캡틴 아메리카가 왜 아무 말도 안 하지?"

입을 꼭 다물고 있던 류이가 입을 열었다.

"캡틴은 원래~ 자막이야!"

16

가족들과 인천에 있는 호텔에 머문 적이 있다. 호텔 엘리베이터 안에서 류이와 또래로 보이는 남자아이가 류이에게 다가오더니 말을 걸었다.

"너는 바다가 보이는 호텔에 왜 왔니?"

어떤 대답을 할지 모두들 기대하는 눈빛으로 류이를 바라보고 있었다. 류이는 대답을 찾은 듯한 표정을 짓더니 그 아이에게 힘주어 말을 했다.

(빈정거리듯) "누~구세요?"

엘리베이터 안의 어른들은 민망함과 어이없음을 숨기고 껄껄껄 웃고 말았다.

호텔방으로 들어와 소울이가 한마디했다.

"엄마, 류이는 좀 이상하다. 다섯 살인데 말하는 건 거의 중학생이야."

#류이중학생설

17

류이는 하원할 때면 편의점에 들러 달달한 무언가를 골라야 기분좋게 집
으로 간다. 편의점을 너무 좋아해서 나중에 크면 편의점 매니저를 하고
싶다고 한 적도 있다. 어느 날 형과 함께 박물관에 다녀오는 길에 류이가
형에게 한마디한다.

"형아, 편의점 박물관이 있으면 좋겠다~ 그치?"

18 _____

한참 동안 무릎을 꿇고 앉아 있던 류이가 얼굴을 찡그리며 말한다.

"엄마! 발이 따끔따끔해. 발에 전기가 들어왔나봐!"

네가 이렇게 작은
아이였을 때
ⓒ 전소연 2019

초판인쇄 2019년 02월 21일
초판발행 2019년 02월 28일

지은이 전소연
펴낸이 염현숙
기획·책임편집 강윤정 | 편집 김영수 김봉곤
디자인 김마리 | 마케팅 정민호 박보람 나해진 최원석 우상욱
홍보 김희숙 김상만 이천희
제작 강신은 김동욱 임현식 | 제작처 한영문화사

펴낸곳 (주)문학동네
출판등록 1993년 10월 22일 제406-2003-000045호
주소 10881 경기도 파주시 회동길 210
전자우편 editor@munhak.com | 대표전화 031) 955-8888 | 팩스 031) 955-8855
문의전화 031) 955-3576(마케팅) 031) 955-2678(편집)
문학동네카페 http://cafe.naver.com/mhdn | 트위터 @munhakdongne
북클럽문학동네 http://bookclubmunhak.com

ISBN 978-89-546-5528-6 03810

www.munhak.com